Charles-Augustin Sainte-Beuve

Le Clou d'or - La Pendule

Texte et illustration de couverture : © domaine public
Edition : Culturea (Hérault, 34)
Contact : infos@culturea.fr
Retrouvez notre catalogue sur http://culturea.fr
Imprimé en Allemagne par Books on Demand
Design typographique : Derek Murphy
Layout : Reedsy (https://reedsy.com/)

Dépôt légal : janvier 2023
Tous droits réservés pour tous pays

ISBN : 9791041912889

Table des matières

PRÉFACE

M. Saint-Marc Girardin se vantait une fois devant des dames de n'avoir jamais connu le supplice de Tantale.

— C'est que vous n'avez jamais eu soif, lui répondit la belle madame de X...

Le petit roman par lettres, que nous exhumons aujourd'hui de son tiroir, a pour but, au contraire, d'exprimer les souffrances d'un homme qui tire la langue, – *esurientis et sitientis,* comme dirait un pédant.

Sainte-Beuve, après avoir tracé le plan et le canevas de ce nouveau Portrait de Femme, l'avait abandonné comme tant d'autres projets du même temps, où le critique tuait de plus en plus en lui l'homme d'imagination et le poète.

Bien que les lettres seules soient la partie résistante et intacte de ce petit roman, on a cru devoir retenir et recueillir ici quelques-uns des brins d'or et de soie qui devaient en former la contexture.

Avant de développer, dans des lettres à une femme distinguée et qu'on a lieu de croire *réelles*, une idée qui certainement paraîtra un paradoxe à la plupart des gens vertueux, ce philosophe du XVIIIe siècle plus que du nôtre avait fait appel, en vrai critique, aux meilleurs maîtres, ses devanciers ; il s'était entouré des moralistes les plus recommandables et qui ont le mieux su parler de l'amour en parfaite connaissance de cause. Il avait fortifié sa propre expérience par des citations à l'appui. Il s'était entouré de toutes les précautions et de toutes les autorités possibles. Il citait tout d'abord un de ses auteurs de prédilection, Senac de Meilhan, dont le dernier sectateur connu de nos jours-est Mᵉ Cheramy – l'excellent avoué. – Voici ce qu'en extrayait Sainte-Beuve, en tête de son projet du *Clou d'or* :

« Celui qui a été aimé d'une femme sensible, douce, spirituelle et douée de sens actifs, a goûté ce que la vie peut offrir de plus délicieux[1]. »

« Un quart d'heure d'un commerce intime entre deux personnes d'un sexe différent, et qui ont je ne dis pas de l'amour, mais du goût l'une pour l'autre, établit une confiance, un abandon, un tendre intérêt que la plus vive amitié ne fait pas éprouver après dix ans de durée[2]. »

Saint-Évremond, l'ami de Ninon, était trop expert en la matière pour ne pas être invoqué en témoignage :

« Je croîroîs qu'il n'est pas permis aux femmes de résister à un si légitime sentiment, quelque prétexte que leur donnent les égards de la vertu. En effet, elles pensent être vertueuses et ne sont qu'ingrates, lorsqu'elles refusent leur affection à des gens passionnés qui leur sacrifient toutes choses. »

Le dépit aussi fait dire bien des choses. – Enfin, Sainte-Beuve s'emprunte à lui-même une de ses pensées de derrière la tête et de derrière les fagots :

« Posséder, vers l'âge de trente-cinq à quarante ans, et ne fût-ce qu'une seule fois, une femme qu'on connaît depuis longtemps et qu'on a aimée, c'est ce que j'appelle planter ensemble le clou d'or de l'amitié. »

––––––––––––––––

[1] *Considérations sur l'esprit et les mœurs*, 1787, p. 219.

[2] *Ibid.*, 1787, p. 225.

Si, maintenant, on veut connaître le nom de la dame à qui étaient dédiées des pensées aussi hardies, on peut chercher dans le meilleur monde que la révolution de 1848 a partagé en deux hémisphères. Doudan, s'il vivait encore, la reconnaîtrait à ce signalement :

« … Jeune femme charmante, un peu Diane, sans enfants. Restée enfant et plus jeune que son âge…

» Pas jolie, mais mieux.

» J'ai toujours distingué (c'est Sainte-Beuve qui parle) les femmes belles en trois classes :

» 1° Celles qui le sont ;

» 2° Celles qui l'ont été et qui le sont toujours ;

» 3° Celles qui auraient dû l'être, et qu'un simple accident a voilées, mais en qui tout révèle la première intention naturelle. Combien elle était de celles-là ! »

D'où il faut conclure qu'elle n'était pas précisément belle ni jolie, au sens vulgaire du mot.

Si nous donnions ici un libre cours à nos souvenirs, nous raconterions une ou deux anecdotes que nous tenons de Sainte-Beuve.

C'était fête chaque soir, en ce temps-là, au château de ou du… n'importe ! Un célèbre surintendant de l'avenir n'y trouvait pas de cruelles, au contraire. C'était lui, plutôt, qui était quelquefois le cruel, le barbare. Dans ces châteaux qui sont comme des hôtels garnis, et où l'on peut entendre d'une chambre à l'autre ce qui se passe, comme à Compiègne, une pauvre femme reconnut un soir une voix qui répétait exactement ce qu'elle avait déjà écouté avec trop de charme. Elle en contracta sur-le-champ un tic nerveux qui ne la quitta plus et qui gâta sa beauté. Tout le monde, le lendemain, y compris le mari, avait des égards et des ménagements pour elle.

Qu'on dise encore que nous ne sommes plus au siècle de Diderot !

C'était un peu l'âge d'or, que ces veillées du château, ou plutôt on y vivait comme en pleine douceur et en plein épanouissement philosophique des premières années du règne de Louis XVI.

Mais l'anecdote ci-dessus n'a rien de commun avec l'aventure du Clou d'or. Un jour, on fut prévenu au château qu'un célèbre romancier chinois devait arriver le lendemain. Justement il venait de publier un livre qui faisait grand bruit dans sa langue, mais personne ne l'avait lu au château, et on ne pouvait recevoir un hôte aussi illustre et aussi imprévu sans lui parler de son œuvre. Une personne se dévoua, et c'était la plus distinguée de toutes, – la seule aussi qui connût bien le chinois. En une nuit, elle eut dévoré le livre ; le lendemain, elle le raconta à déjeuner, et, quand le célèbre écrivain d'outre-mer fit son apparition, il put croire, à la façon dont on lui en parla, qu'on ne lisait que cela depuis quinze jours au château.

C'est ainsi que Napoléon savait les noms de tous ses soldats, en se les faisant dire d'avance ; – mais il n'y avait qu'une femme pour avoir, en ce temps-là, de ces prodiges d'esprit.

Laissons maintenant la parole à Sainte-Beuve. Il va rouler son rocher de Sisyphe pendant quatorze lettres, car la dame paraît lui avoir tenu la dragée haute. Nous ne savons pas, il est vrai, la fin de l'histoire. Nous n'en avons que le cadre à peine ébauché : nous le donnons tel quel, avant les lettres qui en sont le commentaire le plus naturel[3].

JULES TROUBAT.

---

[3] Sainte-Beuve a donné dans son étude sur *Gavarni* (*Nouveaux Lundis,* t. VI) un petit roman par lettres du grand artiste, assez semblable à celui-ci. Le sien, inédit jusqu'à ce jour, avait la priorité. Il y a, au fond, de l'analogie entre les deux héroïnes : toutes deux éprises d'esprit, appartenant au monde aristocratique, se livrant à moitié seulement (un peu *chipies* l'une et l'autre), troublant et inquiétant beaucoup, par cela même, celui qui se sent encouragé par ce demi-abandon, et qui n'en veut pas démordre. – Pour Sainte-Beuve, l'homme des *coteaux modérés,* il dut souffrir, car l'escarpement avait été rude.

LE CLOU D'OR

— Nous sommes vieux, me disait madame de S..., nous pouvons causer de tout. Eh bien, qu'y a-t-il de mieux pour une femme, de plus heureux, de plus favorable à la durée du lien, que de céder à temps à l'ami ou de résister et de se sauver ?...

— Oh ! céder, m'écriai-je, j'ai là-dessus des théories bien arrêtées et que la pratique a trop justifiées.

— On pourrait contester, me dit-elle en riant et comme pour me faire parler (car je voyais bien qu'au fond elle était, elle aurait dû être de mon avis).

Et elle me cita, comme ayant su garder tous ses amis sans avoir cédé à aucun, l'illustre exemple de madame Récamier. Moi, je ripostai par d'autres exemples, celui de cette marquise italienne à un souper... Un des hommes se mit à lorgner tous les convives en la regardant, et à lui dire avec un sourire : *Eh ! marchesa... – Che ? che ?... – Eh ! eh ! tutti ! tutti !...* Elle regarda, fit le tour de la table d'un coup d'œil, et, semblant reconnaître la justesse, elle répéta *Tutti !* Tous avaient eu leur moment, et elle les avait tous gardés.

— Mais laissons les coquettes, dis-je, et tenons-nous-en à l'amour pur, unique, le seul qui mérite qu'on en parle, n'est-ce pas, marquise ?

— Eh bien, dit-elle, les avis sont partagés, et la plupart des femmes pensent que le plus sûr moyen de garder toujours l'ami est de lui résister toujours. Combien de fois l'amour commence-t-il plus sérieux chez la femme en ce moment où le désir satisfait s'éteint chez l'homme ?

— Mais je parle d'un véritable amour mutuel, ajoutai-je ; et j'ai mes preuves à l'appui de mon dire, une triste histoire, très monotone, et pourtant qui a pour moi un intérêt secret, parce qu'elle est vraie, parce qu'elle porte sa morale avec elle.

— Allons, contez-la-moi, dit la marquise (car aussi bien je crois que je suis un peu de votre avis, en ma qualité de femme du XVIIIe siècle).

Et je commençai.

(*Ici, le canevas n'est plus qu'ébauché pour ne reprendre* RÉELLEMENT *qu'aux lettres, mais il a son intérêt.*)

Décidément, faire que le récit soit dans la bouche d'une femme déjà vieillissante à une jeune amie de vingt-sept ans, qu'elle voit près de s'engager dans une coquetterie amoureuse.

Elle lui raconte sa vie, sa douleur, son erreur.

Elle a cru pouvoir satisfaire celui qu'elle aimait par un demi-bonheur.

Elle décrit en détail sa situation, ses sentiments indécis. Sa grande erreur fut de croire qu'en avançant dans les années plus paisibles et en doublant le dernier cap de la jeunesse, elle l'amènerait à des relations douces, fixes, heureuses. À mesure qu'il avance (il était plus âgé qu'elle de quelques années) et que l'irréparable, à ce qu'il dit, se prononce, il ressent et marque plus d'amertume. – Elle ne sait comment revenir, elle en a envie souvent... Mais non, elle n'ose.

Il la range dans la classe des *glorieuses* (madame R..., madame de B...), non pas qu'il leur refuse la sensibilité, mais elles n'en ont qu'au sein de leur gloire.

« Apparemment, ma chère, que nous ne connaissons pas les hommes tels qu'ils sont tout entiers : – une partie d'eux nous échappe... »

Il lui dit qu'il la connaît, qu'il sait jusqu'où va son attention et où elle cesse.

« Il pourrait tomber et s'abîmer dans la boue (il disait cela, ma chère, en poussant des cris vers moi), et moi, disait-il, je ne bougerais pas, tant je respecte ma nuance d'affection, tant je la respecte comme une feuille de rose. »

Quand je le voyais aimable pendant quelques jours et que je lui en témoignais quelque gré, il m'arrêtait net en me faisant comprendre qu'il ne se payait pas de ces douceurs gracieuses, et que c'était une monnaie blanche qu'on lui jetait quand on lui avait refusé le sou.

Rien n'est cruel et désespérant comme de sentir qu'on s'est mise dans l'impossibilité de plus rien faire jamais pour le bonheur de ce qu'on aime.

Et elle finit en disant :

« Ma chère, si vous aimez votre repos, n'aimez pas ; mais, si votre étoile l'emporte et si vous aimez, sachez bien que, le plus souvent, il y a malheur et seconde faute à s'arrêter. »

On ne dit point que la jeune madame de *** n'ait suivi qu'à demi le conseil de son amie, mais on n'assure pas non plus qu'elle l'ait suivi entièrement[4].

* * *

Moment affreux que celui où l'on sent que l'affection est arrêtée sans être allée aussi loin qu'il est donné à l'homme.

Moment où l'on sent qu'il est trop tard ; car le plaisir lui-même doit être cueilli dans sa fleur, avec charme.

Pas trop tard, ni trop marchandé.

Dans leurs conversations, elles se disent : « Mieux vaut rester fidèle et ennuyée avec son mari qu'entretenir une liaison incomplète. »

---

[4] Qui sait jamais ces choses-là ? C'est surtout en ces matières qu'il ne faut jamais rien nier ni rien affirmer.

J. T.

I

Ce 3.

Chère madame,

Je voudrais bien que celle-ci fût la dernière fois que j'aurai là-bas à vous écrire ; ainsi j'ai commencé ce matin une lettre que j'ai supprimée. Le fait est que cette continuation, réservée comme elle est, et comme elle doit être, m'est extrêmement difficile. Tenant à être vrai d'une part et, de l'autre, à ne pas blesser une amie aussi bonne que vous, je ne trouve aucun biais, à moins qu'il ne soit insignifiant : cela est triste. Chère, chère madame, cela ne peut subsister ainsi. – Mais ce n'est pas pour vous faire peine que je vous écris ce-ci, c'est pour vous obéir et afin que quelque bonjour de moi vous atteigne dans ce château allemand où vous allez être bien aimable pour répondre au gracieux ramage dont je vous entends d'ici entourée, après ces quelques mois qui ont été, quoi que vous en disiez, d'un certain calme et d'un certain silence.

Mon Dieu ! que ces bonjours du monde font parfois un singulier effet ! Hier au soir, étant allé chez madame de R***, qui passe ici à son retour des eaux, il y est venu successivement M. Brifaut, les C***, etc. ; et toutes les mines d'hiver recommencèrent. Cela (dans ce salon un peu démeublé et après une longue abstinence) me faisait assez l'effet d'une petite comédie qu'on répète de jour : le jeu a besoin des quinquets. – Je me suis bien gardé de dire à madame de R***, qui m'a parlé de vous et m'a demandé où vous étiez, – je me suis bien gardé de répondre positivement comme il m'est arrivé de le faire (à C***) à M. de Salvandy, qui m'interrogeait ; car je crains que ce ne soit là la petite contrariété dont vous me parlez ; et, me sondant et resondant, il m'est impossible de me découvrir aucun autre tort (ou prétexte de tort).

Vous me disiez, dans une dernière lettre, chère madame, que je me préparais pour une grande conversation, et que vous, vous seriez toute à l'improviste. Mon Dieu, non ! voyez-vous et, à parler vrai, je crois que cette grande conversation n'aura jamais lieu ; le temps manquera, on aura des quarts d'heure comme toujours, des quarts d'heure interrompus. Le plus sage serait même que cette grande conversation n'eût pas lieu ; je vous écrirais de près plus hardiment et mieux, et de ce que vous reconnaîtriez, hélas ! comme la raison même : je ne m'exposerais pas ainsi à tout remettre et laisser en question par ces manières inachevées qui sont la conclusion de toutes les conversations entre gens qui ne veulent pas cesser de s'aimer. Je vous écrirais donc, – je vous reverrais les matins, sinon comme avant, du moins presque comme avant, – nous n'en parlerions plus jamais ; vous seriez sûre, au fond, que je n'aurais désormais encore qu'une amie plus entière que vous, la morne Solitude. Je me sens si peu capable d'écrire, que je voudrais, chère madame, que celle-ci fût ma dernière là-bas. Vous reviendrez, j'espère, avant la fin de ce mois. – Croyez bien que je sens la délicatesse et la vérité de certaines choses que vous me dites : aussi n'en suis-je que plus précipité dans le non-espoir. Oh ! que je voudrais au moins que rien pour vous ne se mêlât d'amer à tout ceci ! – À vous à jamais du plus tendre respect.

II

Ce samedi.

Chère madame,

Je compte arriver demain à *** et y passer quelques courtes heures. J'ose à peine espérer de vous y entretenir un peu, j'aurai du moins le plaisir de vous y voir. Chère madame, puisque la vérité est à l'ordre du jour entre nous, comment se fait-il que vos lettres si bonnes, si douces, si pleines de bonnes intentions exprimées avec charme, me causent l'effet qu'elles me font ? celle d'avant-hier m'a fait mal. Voyez-vous, je crois vous avoir prouvé mes sincères efforts ; mais, je vous le dis et ceci m'échappe, jamais je ne pourrai supporter avec la moindre douceur cette situation mitigée que vous me faites ; jamais, malgré tous mes désirs et mes vœux. N'y a-t-il donc, de votre part, rien autre chose de possible ?

Le fait est que, si tous vouliez créer à un ami une situation sans aucune lueur de bonheur, de douceur, de charme, sans la moindre joie non seulement pour aujourd'hui, mais pour toujours, vous ne vous y prendriez pas autrement, ma malheureuse nature étant ce qu'elle est. – Ceci m'échappe, parce que je sens combien nous ne nous entendons pas. – Voyez-vous, vous n'êtes plus ce que vous étiez, il y a un an, à ***. Ce qui est mort en vous à mon sujet n'était qu'une lueur, qu'un éclair, mais cela me suffisait, et je vous jure qu'il y avait en moi assez d'affection et d'intelligence de vous pour ne jamais prétendre la franchir. Mais, aujourd'hui (pardon de vous dire ce que je m'étais, il y a un quart d'heure encore, fait une loi de ne jamais vous révéler), aujourd'hui il n'y a plus rien de cela. Vous vous faites humble, vous l'êtes trop, vous ne demandez rien, vous êtes reconnaissante de tout. Oh ! qu'au moins, si on immole sa nature et sa joie et tout, parce qu'on aime quelqu'un plus qu'on ne devrait le faire, qu'au moins, sous prétexte d'humanité et de se déclarer modeste et indigne, on ne soit pas rangé dans toutes ces fades limbes d'une amitié aussi pâle que la plus pâle des lueurs d'automne. Voyez-vous, chère, trop chère madame, je m'échapperai à moi-même, si cela dure ; je ne sais pourquoi je vous dis ces choses, moi qui ne voudrais, avant tout, pas du tout vous affliger. Mais cette façon de douceur inaltérable et d'humilité de cœur m'est insupportable par instants. Quoi ! n'y a-t-il pas un autre langage, une étincelle, un accent ? Quoi ! au lieu de dire : « Je suis reconnaissante de tout, de si peu que ce soit », on ne peut pas dire à certain jour : « Oui, je suis exigeante, oui, je ne veux et ne puis rien donner, mais je veux qu'on me donne, j'y consens ; vous en souffrez, et, moi, je vous en remercie. » Oh ! que cette amitié d'une même teinte, voyez-vous, me mènera à mal... C'est triste, chère madame, de si peu s'entendre ; je fuirai un jour loin de vous, loin de votre monde que je finirai par exécrer. En disant cela, j'y vais une fois encore, mais un peu de vérité m'échappe, quoi que j'en aie. Je suis homme à tout faire un certain jour pour m'arracher à ce qui eût pu être si doux, en restant si pur. Ce que je dis là va me perdre ; vous me répondrez que vous n'y comprenez plus rien, que c'est en contradiction avec hier. Tel est le cœur, le pauvre cœur auquel il peut arriver toute la douleur, toute l'amertume, toute l'agonie mortelle, sans que cela altère le moins du monde la douce et ineffable pâleur de vos rêveries.

Pardon, mais qu'au moins vous sachiez le mal que vous faites. C'est quelque chose qui, avant d'expirer, se débat[5]. Ce n'est pourtant pas une vaine formule que de vous redire, chère madame, que je suis à vous du cœur le plus respectueux.

____

[5] La note suivante était jointe à cette lettre. « Concevoir, mettre dans la bouche de l'amoureux un idéal de petit roman dans lequel la femme, sans se piquer d'une telle profession de vérité, tromperait un peu son amoureux, lui ferait croire sans trop de mensonge et avec un certain art pourtant qu'elle l'aime, qu'elle voudrait l'aimer, qu'elle craint de trop l'aimer.

» Coquetterie innocente, permise, illusion qui aide à la durée des vrais sentiments. (Tracer ce petit roman au sein de l'autre comme contraste.) »

III

On parlait un jour chez madame de B... de ces étoiles si éloignées que la lumière ne nous en arrive que lorsque peut-être elles n'y sont plus : ainsi des pensées durant l'absence. L'absence est source d'illusions. Cette lettre vous porte en toute hâte une pensée que je n'aurai peut-être plus quand vous la recevrez, et quand vous y répondrez. – *Amants, heureux amants, voulez-vous voyager... ?*

Une femme qui accomplit ses devoirs conjugaux, qui révère ses trente-six tantes, qui craindrait d'aliéner son confesseur, qui ne voudrait pas non plus manquer d'une heure un bal du Luxembourg ou des Ambassades, et qui à la fois réclame pour elle en sus le plus platonique et le plus vif des amants. – Enfer ! enfer !

Oh ! si, après tout ce grand démêlé et le grand combat entre nous, en relevant les morts et les blessés, je trouvais parmi ceux-ci le Charme, ce fatal *je ne sais quoi*, blessé à mort, oh ! comme je bondirais à la fois de douleur et de liberté !

Ô joie, ô cri d'orgueil, ô liberté rendue... !

Ce quelque chose qu'on appelle le *charme* et qui est à l'amour ce que la grâce est à la beauté, c'est-à-dire quelque chose de mieux que l'amour même.

IV

Ce dimanche 25.

Il me tardait, chère madame, d'apprendre que vous étiez mieux et que cette souffrance n'avait été que passagère. Je suis revenu hier de C***, où j'ai passé huit jours en tête-à-tête de madame de B... et du chancelier, et fort agréablement ; j'ai beaucoup causé du temps passé ; je m'y montrais très digne de les entendre, et il n'a tenu qu'à eux de me prendre pour un de leurs contemporains. Je n'ai pu rien faire durant ce temps ; quand je suis tant soit peu au monde, cela m'applique entièrement et je ne suffis pas à tant de choses. J'ai seulement profité du séjour pour demander à madame de B*** la faveur de lire son roman, ce qu'elle m'a accordé, et j'en ai lu un volume et demi : j'ai emporté le dernier avec moi pour l'achever. Cette lecture m'a charmé : je vis avec ces personnages et m'intéresse à eux comme s'ils existaient, ce qui est le triomphe pour un roman. – J'en ai conclu que le mieux, dans les affaires de cœur, est toujours de s'expliquer ; au moins, si l'on est malheureux ensuite, on sait pourquoi. Les malentendus irréparables sont une sottise trop cruelle ; mais le monde, avec ces petites convenances qui sont tout, adore les malentendus et est organisé pour cela quand on n'a pas le courage de percer la gaze.

J'aurais bien, chère madame, quelque chose à répondre à votre lettre et à votre théorie de l'*entier* qui n'en est pas un : c'est ingénieux, c'est vrai en général ; mais je ne conçois pas trop que ceci s'applique dans le cas présent (du roman, que vous savez bien). Il s'agit du cœur. Le donne-t-on tout entier, oui ou non… ? donner le cœur tout entier quand on est femme, c'est quelque chose qu'on comprend ; le donner dans la mesure délicate que définit votre plume et qu'elle peint des couleurs de l'arc-en-ciel, cela se comprend encore, et je dois dire que c'est de cette sorte que la plupart des femmes aiment à le donner. Il y a une certaine nuance de clair-obscur, d'aube ou de crépuscule, quand, ainsi que le dit le poète,

Il n'est pas encor nuit, il n'est déjà plus jour,

qui sied à merveille à leur tournure d'imagination et de rêve. Je ne contesterai jamais le charme qu'il peut y avoir dans une telle relation ; j'y verrai tout, la raison, la délicatesse, le bonheur même, si vous voulez, tout, excepté le don enlier ; et c'est précisément parce qu'il n'est pas entier et qu'il y a réserve, réserve indéfinie, sous-entendue, que les femmes l'aiment, heureuses de pouvoir le définir à chaque instant, le resserrer ou l'étendre selon la convenance ou le rayon. Je parle ici en moraliste désintéressé, comme parlerait un té-moin, et je fais de la raison à mon tour. J'irai jusqu'au bout et j'ajouterai que je crois, en effet, que, toutes les fois qu'une telle relation suffit aux êtres mis en présence, il est mieux de s'y tenir ; on gagne ainsi les années ; on élude les restes et les retours de jeunesse, et l'on se trouve avoir pour le déclin de la vie quelque chose d'uni, de doux, mélangé d'un certain regret qui ne va pas à la colère, attendri de certains souve-nirs qui ne vont en aucun cas au remords. Pour les gens du monde à proprement parler, qui se sont connus un peu tard, le mieux sans doute est que ce soit ainsi, et je viens de voir un de ces exemples de trop près pour ne pas y applaudir.

Si j'osais être moraliste jusqu'à la dernière extrémité, j'ajouterais cependant que, dans de telles relations, l'homme ne peut être satisfait et se trouver heureux qu'à de certaines conditions, à condition par exemple de ne voir là qu'une distraction, un intérêt vrai sans doute, mais pas exclusif, une manière de passer sa vie, qu'il recommencerait demain ailleurs si ce lien-là lui manquait. Si l'homme, surtout en le prenant plus jeune, avait demandé d'abord davantage à cette relation, ce serait pour lui *descendre* que de s'établir à ce degré tempéré. Que serait-ce s'il avait éprouvé ailleurs ce que c'est qu'un sentiment absolu et s'il avait vécu dans le soleil !

La raison pourtant, en ne consultant qu'elle, lui conseillerait sans doute d'accepter, s'il n'était qu'homme du monde ; il retrouverait là un mélange d'agrément et d'émotion douce, une ombre par moment flatteuse d'un idéal désormais interdit. – S'il était le contraire d'un homme du monde, misanthrope au fond et homme d'étude, la même raison lui conseillerait de bien réfléchir avant de se résigner à un état perpétuel de lutte, d'irritation secrète et de trouble intérieur qui rejaillirait involontairement sur la personne la plus respectée.

Voilà ce que la raison, cette exécrable raison qui admet le raisonnement et, quoi que vous en disiez, la discussion, voilà ce qu'elle permettrait de balancer et de mettre aux prises sans trop d'absurdité. – J'en puis parler ainsi sans offenser personne ; car, pour mon compte, je ne m'en accommode guère dans la pratique. Je me laisse reprendre et soumettre en présence par l'effet de je ne sais quelle disposition de faiblesse qui subit le charme. Je me prête à tout un jeu aimable et affectueux que je connais et que je maudis ; je retombe, au sortir de là, dans une misanthropie d'autant plus amère. Je suis tenté de demander à la première femme facile l'ombre des plaisirs désormais séparés de l'amour. J'use ainsi les restes de ce que je n'ai plus le droit d'appeler la jeunesse, et je n'établis nulle part l'âge mûr pour lequel, cependant, je le sens bien, il n'est d'abri solide que dans le profond du cloître d'étude et dans la conversation philosophique avec les amis, avec ceux qui savent tout et qui regrettent, comme nous, ce que rien ne peut rendre.

Vous vouliez de la raison, en voilà plus qu'il n'était besoin, plus que la franchise d'une femme n'en peut porter. Aussi cette lettre court-elle grand risque de ne point partir. — Au reste, chère madame, vous n'y verriez que l'idée fixe à laquelle je suis en proie, et, vous qui avez aussi la vôtre, vous devez la pardonner en moi et ne pas surtout la méconnaître.

J'achève à peine, me déterminant à peu près à ne pas envoyer.

<h1 style="text-align:center">V</h1>

Il est des réflexions qu'il est triste de faire, qu'il est pénible de s'avouer.

Je voudrais que, dans ce que je vais dire, il n'y eût rien de blessant, rien qui sentît l'irritation ; c'est bien assez de la tristesse.

Vous êtes-vous jamais demandé ce que devient pendant des mois un cœur ardent, malade, fatigué, tel que (sans plus le définir) vous connaissez le mien, – ce que devient ce cœur livré à lui-même, sans espoir, sans consolation, dans la solitude, et à quels excès il peut se porter, au point de se consumer, de s'user, de s'altérer et de s'aliéner ? À quels excès, à quel suicide moral en quelque sorte, on peut ainsi se porter contre soi-même, quand on sent que ce secours, tel qu'on le désirerait, ne vient pas, ne viendra pas ? Il est impossible qu'avec votre esprit, avec votre cœur, vous ne vous soyez pas posé la question, et pourtant vous avez agi constamment comme ne la soupçonnant même pas : pendant des mois, j'ai pu mesurer la limite d'une affection que je ne puis croire indéfinie. J'ai touché cette limite ; bien plus, je m'y suis heurté à chaque minute, à chaque point du temps, et elle est restée, cette limite, fixe, invariable, inébranlable.

Pendant ce temps, pas un mot, mais pas un ! n'est échappé de votre plume, qui sentît l'abandon, qui dérogeât aux lignes rigoureuses que vous vous étiez prescrites. Vous avez tenu rigoureusement ce que vous aviez résolu d'avance. Si quelqu'un, écrivant une lettre dans un moment d'émotion où la main tremble, s'était dit de n'écrire que sur une feuille de papier bien réglée, de manière à ce que pas une ligne ne fût droite, il aurait fait matériellement ce que vous avez su faire au moral. Il m'a été impossible de ne pas reconnaître et ressentir tout cela.

Je sais tous les obstacles, je les apprécie, je crois avoir montré que je n'avais pas le dessein (quand j'en aurais eu la possibilité) d'abuser d'une situation aussi entourée et aussi délicate ; mais enfin il n'y a eu aucun abandon, aucun mot qui répondît à ceux que j'implorais. Je sais maintenant ou jamais la mesure de cette affection ; je sais ce que c'est que de faire dépendre son bonheur unique de vous, d'une parole de vous.

Pendant des mois, dans la solitude, mon cœur a travaillé sur lui-même, contre lui-même ; on voyait de loin ce travail, et on l'a laissé s'accomplir. Qu'espérait-on qu'il en sortirait ? Il en sort aujourd'hui des cendres.

Il me serait impossible, en prolongeant, de ne pas laisser échapper quelque mot qui marquât l'irritation et l'amertume ; et je dois me les interdire aujourd'hui. Nous avions paru, dans ces derniers temps, tout remettre à je ne sais quelle grande conversation que je savais bien presque aussi impossible que le reste. Cette conversation, aujourd'hui, ne mènerait à rien, n'apprendrait rien que nous ne puissions savoir déjà ; le mieux est de ne pas se l'accorder. – De quelle explication avons-nous besoin ? – Ce qui est sûr pour moi, c'est que la continuation de cette liaison engendrerait en moi des sentiments qu'on doit étouffer, et m'amènerait presque à haïr ce que j'ai eu de trop cher, ce que je reconnais si aimable à tant d'égards et ce que je dois toujours respecter. Dans de tels cas, dès qu'on le peut et qu'on s'en croit la force, il faut rompre, délier, taire, ensevelir. Ainsi seulement il peut rester place avec le temps à quelque chose encore de tristement affectueux.

J'ai hâte de rendre ce que j'ai reçu de lettres, et je les renverrai dès que j'en verrai le moyen. Quant aux miennes, je désire expressément qu'elles soient détruites, brûlées, en un mot qu'*elles ne subsistent plus*. Celle-ci est la dernière que je voudrais avoir à adresser. Je demande pardon de ne rien ajouter. Quelles paroles rendraient ce qui convient ? Il n'y a que le respect, la tristesse et le silence.

VI

Madame,

Tout ceci peut vous paraître peu clair, tant nous avons cessé de nous entendre depuis des mois ; je profite d'un rare moment d'épanchement pour m'expliquer un peu et laisser échapper les pensées que mon cœur resserre.

J'ai quinze lettres dans mon portefeuille, des lettres de rupture ou à peu près : tout ceci m'est devenu impossible à supporter, à continuer de cette sorte, et pourtant je n'ose rien risquer de solennel, d'irréparable.

Comment le chemin qui mène chez vous, comment les pavés de votre place, comment l'idée de me retrouver devant vous m'est-elle devenue pénible, presque odieuse ? Est-ce ma faute, à moi uniquement ?

Depuis des mois, pas un mot de vous, de ces mots que j'aurais désirés et que j'implorais, n'est tombé sur moi. Vous avez mesuré toutes vos paroles.

J'ai touché, j'ai heurté la limite de votre affection, et cette limite, durant des mois, est demeurée inébranlable.

Mais ce n'est pas ici le moment de rappeler ces choses : il me suffit de les laisser échapper pour expliquer ce qui ne se pourrait autrement comprendre.

Je voudrais être libre et plus jeune, je demanderais à votre mari de l'accompagner en Orient comme secrétaire ou à tout autre titre : au moins, je secouerais la vie, et peut-être, forcément, vous regarderiez quelquefois de ce côté.

J'hésite à vous revoir, je voudrais sincèrement pouvoir l'éviter, je crains de reprendre ainsi un joug que je me suis juré de briser.

Tout ceci n'a plus aucune issue.

Et, en vous disant ces choses, je voudrais (arrangez cela comme vous le pourrez) qu'il n'y eût rien qui pût vous affliger. Je voudrais que, de vous-même, lasse et tournant vos idées ailleurs, vous sentissiez que le mieux est de ralentir, de laisser tomber.

VII

Ce 20. Vendredi.

Chère madame,

Il faut vous répondre, quoique je sois dans la disposition la moins propre à le faire comme je le voudrais. J'aurais déjà répondu à votre lettre, que j'ai reçue dimanche dernier après le départ de la mienne, si je m'étais senti plus capable, plus digne. Non, madame, on ne vous oublie pas ; non, on ne cherche pas des amis nouveaux ou anciens ; non, on ne fait aucune *visite lointaine,* et même on sourit avec une pitié amère à une telle idée, comme si le cœur revenait jamais aux lieux qu'il a pour jamais quittés et comme si ces lieux ne lui étaient pas pires qu'odieux, c'est-à-dire du plus assommant et du plus fastidieux souvenir. Le mal est ailleurs, il est en moi : je ne suis pas fait pour le monde, qu'à la rencontre et au passage ; mais d'habitude, de liaison ordinaire, point. Ceci me reprend et éclate dès que j'ai un moment à voir clair et à respirer. À ce dîner l'autre jour, chez M. de Salvandy, j'étais comme un homme des bois, je regardais la porte ; tous ces gens me semblaient un bal masqué (je n'en ai jamais vu d'autre, et ça me suffit). À aucun moment de ma vie (voyez-vous), je n'ai cessé et je ne cesse de voir la *planche* sous le tapis, la *latte* et le galetas sous le plafond doré, le squelette sous tout ce qui le revêt. Qu'y faire ? Ceci m'est inséparable. Quant aux affections, de bonne heure j'ai souffert dans mes plus naturels sentiments, il y a eu dans mon enfance quelque chose qui m'a empoisonné la douceur du sentiment de famille. Depuis, j'ai eu l'absence, l'isolement au collège ; j'en ai tant souffert, que j'en serais mort si cela avait duré. Alors, j'ai compris qu'il fallait être philosophe et aussitôt j'ai hardiment porté la pierre infernale aux racines trop tendres de mes sentiments, j'ai brûlé, brûlé, j'ai en bonne partie détruit. Je ne sais pas tout à fait comment on abolit les sentiments ; mais je sais des recettes sûres pour les arrêter, les ravager en moi, les empoisonner. Ils ne servent qu'à troubler la vie. Vous voyez que je n'aurais pas dû vous écrire : mais vous autres, pauvre chère madame, vous autres belles dames du monde, vous ne savez pas ce que vous faites en jouant ainsi sans cesse avec les lions et les ours. – Pour en revenir à l'état où je puis, je hais le monde, j'en ai de trop ; si j'avais un pauvre petit avoir à moi, un coin où reposer ma tête, j'y courrais, je m'y cacherais durant tous ces mois, mais je suis là, enchaîné à cette borne de l'exécrable Institut, en plein Paris. Qu'importe ? Je ne vais nulle part, je n'ai pas fait une *seule* visite depuis que je vous ai écrit. Je dis assez clairement à tout ce monde : « Je ne me soucie pas de vous, de grâce, je suis reconnaissant. Mais laissez-moi. » Voilà le vrai. Avec cela je m'extermine de fatigue le plus possible, je voudrais pouvoir me livrer à toutes les passions pour en finir. Les matins, malgré tout, je mène assez bien l'étude ; j'y ai trouvé toujours si peu de choix et de liberté, que cela m'est à peu près égal de faire tel ou tel article, pourvu que j'aie les moyens de le bien faire. Ainsi je vais toujours de ce côté, dissimulant et faisant le sage, comme, au reste, on le fait perpétuellement dans ce monde menteur, chacun montrant une face et cachant les autres. Je me montre trop à vous aujourd'hui. Mais que faire ? Vous me demandez ce que je sens et je déchire les plaies.

Je ne suis pas digne de vous, de cette relation si douce et si ornée ; je compte pourtant à fond sur votre amitié, votre intérêt. Je ne vous dirai pas que cela m'est indifférent malgré toutes les duretés de cette lettre. Non, chère madame, c'est un de mes rêves, un de mes trésors d'imagination aux moments où je me permets d'en avoir. Je me dis : « J'ai connu une charmante femme, une âme d'or, l'amabilité même, faisant tout pour les autres, pour un monde qui ne la méritait pas, qui pourtant l'appréciait et qui en devenait autour d'elle plus aimable et meilleur. J'aurais voulu être, par nature, de ce monde pour jouir, dans la mesure voulue, de tant de bonne grâce et de distinctions proportionnées qu'elle savait répandre autour d'elle. Elle m'a donné idée de la vie heureuse dans la société, idée qu'avant elle je n'avais pas. » Et puis je me renfonce dans la solitude, dans la misanthropie incurable, dans le *Qué que ça fait ?* universel. Après tout, le peu que je vaux comme esprit, c'est par là, et j'ai encore beaucoup à exprimer en ce genre, si je puis recueillir mes forces et me ramasser dans quelque œuvre, une de ces œuvres qu'on ne lira pas tout haut en cercle.

Il est bien temps de me parler encore du voyage à Lausanne (et non à Genève), mais vraiment je n'y comprends rien. Oui, il m'eût été doux, pris et enlacé, de suivre sans cesse, d'être conduit à chaque moment ; mais on lâche toujours, on me livre à moi-même, je me perds, je m'abîme, et il faut tout aussitôt que je me retrouve, comme si de rien n'était, comme si tous ces échecs du cœur, coup sur coup, pouvaient laisser recomposer une fraîcheur de joie et de jeunesse.

Voilà des pages remplies, je ne sais si je vous les enverrai, je crois que non. Vous affliger en vous blessant, ou bien vous affliger par mon silence en vous attristant simplement et vous donnant à croire à de la négligence ! – Je ne sais encore, et le hasard en décidera. Adieu ! adieu !

VIII

NOTE CONFIDENTIELLE

Ce 2 juillet.

J'espérais presque aujourd'hui une lettre et je n'en ai pas reçu. Je suis seul depuis bien longtemps, je ne vois personne : mes jours se passent à l'étude ou à la réflexion, mes soirées à la marche. C'est le cas ou jamais de voir clair en moi, en mes sentiments, et la voix du dedans, en ces heures de silence et de triste sérénité des cieux, ne saurait se méconnaître.

Le fond de mon cœur est une désolation morne et sans recours. J'aime, ou plutôt (comme mon cœur ne vit plus) j'ai aimé quelqu'un ; mais il n'y a en ce sentiment aucun espoir d'avenir pour moi, aucun rayon de bonheur. Les moments où ce bonheur aurait pu naître et charmer d'un long parfum l'avenir sont passés. Je n'ai plus de printemps : ce qu'ils me font éprouver de douloureux est impossible à dire. Le désir lui-même me devient une douleur insupportable ; j'aime mieux la tristesse unique, habituelle, m'y enfoncer et m'y abreuver.

Le moment approche où, moi qui n'ai aimé qu'une seule chose en la vie, me disant que c'en est fait à jamais, je ne pourrai plus prendre sur moi l'effort de sourire au monde, et j'entrerai, pour n'en plus sortir, dans la retraite la plus absolue et définitive.

Celle qui aurait pu m'en arracher et faire prévaloir en moi d'autres sentiments plus animés et plus heureux est séparée de moi par trop de convenances et de nécessités sociales, et par une manière de sentir trop différente.

Elle est un charmant mélange de bon sens, de légèreté, de coquetterie et de vertu. Il y a là de quoi pétrir la plus divine saveur d'amitié. Mais je ne suis pas digne de l'amitié, puisqu'elle ne me suffit pas, et je ne conçois qu'un autre sentiment pour la sceller et l'assurer à jamais entre deux personnes faites pour l'union des cœurs.

J'ai l'air d'avoir tort, mais peut-être (et, au fond, j'en suis persuadé) je suis dans le vrai de la nature en sentant de la sorte. Quoi ! on aurait désiré plus que tout une personne aimable et adorée, on l'aurait désirée durant des saisons, et elle-même aurait fait quelque chose pour attiser ce désir et ne pas le laisser se décourager ; et, après des saisons passées, lorsque l'heure de *trop tard* a sonné, on pardonnerait la mort de ce divin bonheur qui avait été espéré ou montré du moins, et que des raisons secondaires ont laissé perdre – pour toujours !

Il est insensé, il est véritablement *imprudent* (dans l'ordre des affections), il est coupable de laisser passer certains moments uniques dans la vie, certaines rencontres et conjonctions d'étoiles, certains printemps : laisser perdre de tels moments qui ne reviendront jamais, c'est tenter la destinée, c'est violer la tendresse, c'est mériter tous les malheurs.

Que ces moments soient passés, que ces printemps entrevus dans un éclair soient déjà loin pour moi, tout me le dit : ma difficulté de vivre, ma souffrance habituelle, ses entraves à elle qui augmentent chaque jour, les éloignements auxquels elle sera de plus en plus soumise sans que le *clou d'or* de l'amitié ait été posé entre nous, – et pourquoi ne pas tout me dire ? l'âge, à tous deux, qui vient, à elle aussi, et qui, le jour où ce je ne sais quoi qui m'a ravi aura son échec, me laissera libre et vengé.

Elle a bien de l'esprit, mais elle n'a pas compris la vie, ni ce que c'est qu'un sentiment sérieux, *naturel,* auquel toutes les bonnes *grâces* de la société ne sauraient donner le change, – et qui aurait demandé si peu, – une seule fois, – et toujours !

Après tout, sous tous ces airs de raison, elle est plus fière que tendre, plus glorieuse que passionnée.

L'amour-propre est au fond de tout, et la Rochefoucauld a raison ; mais l'amour-propre, chez quelques-unes, consiste à vouloir être passionnément aimées coûte que coûte, et à aimer aussi, c'est-à-dire à vouloir le bonheur des deux. Chez elle, quelles que soient ses affections gracieuses, l'amour-propre la porte surtout à être approuvée, à ne pas être blâmée, à sauver sa *gloire !*

Madame Récamier, madame de Maintenon étaient de cette race-là. Je les ai toujours haïes. Comment m'y suis-je laissé prendre ?

IX

Chère madame,

Je reçois une lettre de vous bien bonne et qui m'irrite presque. Où en suis-je ? Mais vous louez toujours vos lettres. Non, elles ne sont pas ce qu'elles doivent : pas un mot n'y passe l'autre, c'est irréprochable. La raison y triomphe ; aujourd'hui, c'est la charité. Mais la passion, quelque chose qui soit un mot, un cri, une parole échappée ! Rien. Oh ! vous me connaissez bien mal, et vous faites avec votre esprit tout ce qu'il faut pour m'aliéner. Et encore ces lettres sont faites pour vous revenir, pour ne pas me rester : ce serait en effet trop grave. Cela ne peut aller ainsi. Que ferai-je ? Irai-je en Grèce le 20 septembre jusqu'au commencement de novembre ? On me l'a proposé ; c'est possible que je le fasse, pour mettre encore plus d'espace entre nous. Peut-être irai-je tout bonnement en Suisse voir, le mois prochain, mes bons amis. N'ayez pas peur, je ne dirai pas où je vais et je ne vous verrai certainement pas. Voyez-vous, chère madame, vous ne savez pas les paroles qui touchent, qui apaisent, quelque chose qui ne soit pas écrit en vue de votre gloire.

Allez, je vous voudrais heureuse, mais je sens que nous nous sommes trompés. Vous dites toujours que *je mets le marché à la main,* mot odieux. Non, madame. Je vous demande de croire à mon imperfection, à mon indignité, à mon incurable amertume, et de m'oublier.

X

AUTRE NOTE CONFIDENTIELLE

Ce 9 juillet.

Voilà huit jours que j'attends, chaque matin, une lettre, et avec une anxiété croissante. Il est évident qu'il se passe quelque chose de très grave. Est-elle malade ? morte ? Ma pensée a dû s'appesantir douloureusement sur cette solution fatale. Est-elle offensée et passée à l'indifférence ? Tout est possible, tout m'est également triste et sans espérance. J'attends l'heure de dix heures (du courrier) avec impatience. Je fais demander coup sur coup si l'on n'a rien ; puis, quand j'en suis certain, ma journée est close ; je ferme mes rideaux, je m'étends sur mon lit d'ennui et m'y figure aisément un tombeau. Ma pensée ne vit plus, tout travail m'est odieux, et je ne me plais qu'à retourner mon ennui, mon délaissement, la fuite des choses aimées.

Et c'est elle qui s'appelle raisonnable et qui affecte de l'être, qui constitue un tel état, qui se garderait de le prévenir ou de le guérir, et pour qui la plus frivole convenance du monde l'emporte sur ces sentiments naturels auxquels l'issue est refusée !

Oh ! que de sentiments perdus, consumés en eux-mêmes ! Comment laisser perdre ainsi les trésors du cœur !

Je lui ai dit qu'elle était la plus dissipée des femmes sérieuses ;

Je lui dirai aussi qu'elle est la plus tendre des glorieuses ; mais pour glorieuse, au fond, elle l'est.

Elle veut toujours, en amour, des fleurs ; elle ne comprend rien à la connaissance vraie des sentiments naturels ; il vient un moment où, les fleurs données, ils n'ont plus qu'à produire leur *fruit*. Mais elle ne veut pas de ce fruit, et demande toujours et toujours des fleurs, rien que des fleurs. Elle se trompe. Mon cœur n'est pas de ceux qui se laissent mettre en *serre chaude* pour fleurir constamment et avorter. Oh ! non pas ! Elle ne sort pas du point de vue factice du monde ni du cercle *embelli* et menteur.

XI

Ce 12 juillet.

Je vous ai sérieusement crue malade, j'ai cru à quelque accident. Je me disais dans ma confiance : « Si elle n'était qu'un peu malade, elle écrirait encore. Si elle l'était beaucoup, elle prierait sa tante de m'écrire. Il faut qu'elle soit plus que beaucoup malade pour que ce silence se prolonge… » Et je faisais toutes les suppositions fatales, et je prenais toutes les résolutions pieuses et solennelles. – Lequel des deux avait une confiance d'enfant ? – Vous étiez simplement piquée durant ce temps-là.

Quand je suis seul, je me retrouve en présence de mon mal sans illusion. Je n'attends ni n'espère rien, je ne désire même rien ; car, n'ayant pu créer en vous le sentiment que j'aurais voulu et qui aurait entraîné, je connais assez votre situation et votre nature pour ne pas désirer ce qu'il faudrait (en supposant qu'on pût jamais l'obtenir), ce qu'il faudrait, dis-je, arracher violemment, et ce qui rendrait malheureuse celle qui ne me paraît capable ni d'abandon ni d'oubli. – Je me retrouve donc seul, sans illusion, et je lutte à nu et à *cru* avec ma morsure : qu'y a-t-il d'étonnant que je ne trouve point de paroles pour vous ? Je me tourne et me retourne sur le flanc, appuyant sur mon mal et me demandant s'il n'y a pas de moyen de guérir et d'échapper. Cela devient vite mon idée fixe.

Les sentiments naturels ont un cours que vous semblez méconnaître. Après les fleurs, les fruits. Vous voulez toujours des fleurs. Mon cœur n'a plus à en donner après deux ou trois années de préludes et de promesses. La saison des fruits était arrivée, celle des fleurs serait revenue ensuite. Mais non, vous voulez des fleurs continuelles, une promesse continuelle ; cela est factice, c'est mettre l'arbuste en serre chaude pour qu'il fleurisse sans cesse, sans réaliser jamais. Cela fait d'énormes fleurs de jardin, charme des yeux, de très belles fleurs à regarder du salon. – Toujours le salon !

Il n'y a de vrai à un certain moment, de raisonnable et de sûr dans les passions franches et naturelles que de se lier une bonne fois, que d'enchaîner l'avenir et de l'embellir à jamais par un éternel souvenir. La vieillesse est douce ensuite, la fatigue, la diminution des forces et de la vie, tout cela devient un charme de rêverie en souvenir de ce qu'on a goûté, de ce qu'on a été l'un pour l'autre, et de ce qu'un regard apaisé se dit dans une larme.

Le XVIIIe siècle avait du bon s'il n'avait pas trop appuyé. Vieillir avec une personne qui sait la vie et avec qui on l'a goûtée, vieillir ensemble, unis, satisfaits et fidèles ; il y a là tout le bonheur humain retrouvé... *Hic ipso tecum consumerer ævo.*

XII

Ce samedi 26 octobre 184...

Chère madame,

Je viens vous demander vos ordres pour jeudi ; je dois être ce jour-là à l'Académie depuis deux heures et demie jusqu'à quatre heures et demie. Le reste des heures sera trop honoré d'une minute passée à vous voir.

Vous avez été très aimable de songer à m'écrire ; vous l'êtes toujours, aimable ; ce qu'il y a de mal entre nous, c'est la *situation* qui, passez-moi le mot, n'est pas franche, n'est pas naturelle. Pour que je le dise et que je le sente ainsi après une saison dont tant d'heures se sont passées près de vous, il faut que cela soit. Ce que je vous ai dit là-bas est vrai : il vous devient comme nécessaire de temps en temps de défaire la trame, de la laisser se défaire un peu, afin qu'on puisse recommencer toujours, et s'arrêter toujours au même point ; sans quoi, on courrait risque d'avancer, sinon de l'achever. De là ces petites rigueurs, ces froideurs non pas calculées, mais indiquées et nécessaires, ces épouvantements de la moindre parole un peu franche et libre sur de certains sujets, quoique vous ayez déjà entendu la même chose cent fois ; de là, enfin, ces lettres aimables qui arrivent à temps, tout ce qu'il faut pour empêcher de se décourager, sans toutefois donner de l'espoir. On traite ainsi les prisonniers qu'on veut conserver pour un certain temps ; on leur donne juste assez de nourriture pour qu'ils ne meurent pas.

Chère madame, j'ai bien pris *ma part* dans ce que vous avez dit sur le plaisir de voir ses amis à Paris ; mais je n'en ai pris que ma part, et, vous-même, vous trouveriez fort mauvais et fort présomptueux que je m'en attribuasse davantage.

Il y a, en outre, cette foule d'amis pour qui on met des robes décolletées, au risque de s'enrhumer ; ceux-là ont bien leur part aussi.

Il y a enfin quelqu'un qui a mieux et qui à lui seul prendra tout.

Chère madame, si je vous disais encore une fois tout ce que je sens, je dirais que tout cela est misérable ; car, à ce moment et depuis bien du temps, je le sens ainsi. – Mais il arrivera sans doute qu'encore une fois je renfoncerai ma pensée, mes sentiments, et que vous, vous maintiendrez votre empire, heureuse d'atteindre à vos fins, même sans avoir donné dans votre vie la moindre minute de bonheur à celui qui vous aura aimée.

SAINTE-BEUVE.

Ici s'arrête le manuscrit de Sainte-Beuve. Nous pensons que c'en est assez pour bien connaître un caractère de plus, *la timorée,* acquis à la physiologie féminine.

FIN DU CLOU D'OR

LA PENDULE

Les pages inachevées qu'on va lire ont été recueillies dans les papiers de Sainte-Beuve. C'est l'esquisse d'une nouvelle qui, malgré ses imperfections et ses lacunes, ne nous a pas paru indigne de voir le jour.

À MON AMI TÖPFFER, DE GENÈVE

Je suis horloger, et, en cette qualité, je remonte les pendules. Je vais en ville à cet effet, et j'ai une clientèle assez bonne dans un quartier choisi : dans mes tournées périodiques, j'observe, sans le vouloir, bien des choses. C'est une singulière machine que le monde, et qui ressemble plus qu'on ne croit à une *montre* : il *montre* le doré en dehors et cache bien des rouages, mais le *remonteur* ne vient pas.

Quand j'arrive dans une maison tous les douze ou quatorze jours, et que j'y passe cinq minutes au plus, qu'y puis-je observer ? Eh ! mais... c'est là qu'est le piquant pour moi et le problème. J'ai autrefois étudié la géométrie et la mécanique : avec deux ou trois points donnés, déterminer le reste, recomposer tout un ensemble, voilà le triomphe. Sans en avoir l'air, j'y rêve parfois. Mes problèmes moraux se multiplient : de la sorte, je crois en avoir résolu plus d'un, et avec une certaine rigueur, surtout avec un extrême plaisir ; car, comme dit mon ami T... de Genève, qui est à mon sens un philosophe, et dont j'ai toujours le petit cahier de pensées dans mon tiroir avec mes ressorts : « Je ne sais à quoi servirait l'esprit, si ce n'est à dispenser, de temps en temps, du terre à terre de l'étude et à illuminer subitement l'observation. »

J'arrive dans les maisons, chez mes abonnés, de midi à une heure, rarement plus tard. Le domestique m'ouvre, et, sans parole, sans autre introduction qu'un coup de chapeau, j'entre dans le salon à petit bruit ; ma semelle fine (c'est une de mes délicatesses) froisse à peine l'épaisseur du tapis et n'annonce rien. Le sommeil de la petite-maîtresse peut se continuer dans la pièce voisine, la conversation à demi-mot ne cesse pas. Les mères restent à leur toilette, dès qu'elles ont vu ce que c'est qui entre ; les filles ne lèvent pas les yeux de dessus le cahier du piano. Parfois, au bruit de la porte que je ferme (car c'est le seul signe alarmant), j'entends dans le fond un brusque mouvement, comme quelque chose qui s'enfuit. Mais bientôt, au premier craquement de la clef dans le cadran, tout se rassure. Je ne suis que le temps qui, de l'autre côté, vient régler ses comptes ; cela ne les regarde pas.

Ils m'ont vu déjà cent fois sans me voir ; je viendrais chez eux tout un siècle qu'ils ne me connaîtraient pas davantage.

Il y a, dans cette partie de mon métier, des instants plus ou moins solennels, et je vous assure que j'en ressens l'impression et la *poésie* (comme on dirait), tout simple horloger que je suis. Je n'entre jamais dans les grandes salles publiques ou les galeries solitaires, dans les Bibliothèques ou les palais, pour y remonter l'antique horloge en sa boîte émaillée, sans un sentiment respectueux : j'ai en ce moment un peu du prêtre à l'autel. Même dans les maisons particulières, il est des jours où un contrasta imprévu me saisit et me prête à l'instant un rôle auquel je ne m'attendais pas : les jours, par exemple, d'un mariage, d'une naissance ; la veille ou le lendemain d'une mort. Eux tous, ils sont occupés à leur joie ou à leur douleur, et les heures courent rapides ou leur semblent éternelles : j'entre seul, impassible, immuable, à travers les inattentifs : je fais le même nombre de pas, je tourne le même nombre de tours, je sors, j'ai tout réglé. « Ainsi la nature ! » me dis-je. Je me fais peur de moi, en sortant, dans ces moments-là.

Mais je ne veux point parler ici de l'extraordinaire, et le menu me va mieux. Je ne sais si l'habitude de l'horlogerie m'a rapetissé ou ralenti l'esprit, mais c'est surtout aux secrets rouages du cœur que je m'attache ; j'en ai en provision de toute espèce. Je me plais à croire que tant de grands mouvements au dehors viennent de peu, de très peu au dedans, qu'il y aurait de quoi faire rire le *remonteur,* s'il en était un, à voir la disproportion des effets apparents aux causes. J'en veux particulièrement et personnellement à l'amour : toutes les fois que je puis l'humilier tout bas dans ma pensée, je suis heureux et d'un très méchant plaisir. Qu'y faire ? Cette misanthropie m'est venue depuis tantôt quinze ans qu'à Genève la fille du maître chez qui j'apprenais mon état, une fille en tout point accomplie et que j'aimais éperdument, ne comprit rien à mon amour et s'en alla me préférer un camarade très indigne, très inférieur en tout point, une vraie *mazette* en horlogerie, et pas plus beau que moi d'ailleurs. Je n'y ai jamais rien compris, sinon que l'amour n'avait pas grand sens ; tout ce que j'ai pu observer depuis lors m'a confirmé dans ma conclusion, et néanmoins, quand un exemple trop direct à l'appui traverse mon souvenir, je suis encore ému.

Il y a quelques années, je commençai à remonter les pendules dans un élégant appartement de la rue Neuve-des-

M... La première fois..., air élégant... fleurs admirables dans des jardinières élégantes... chien... grand air ; quoique l'appartement ne fût pas très vaste..., quelque chose d'ouvert, d'aéré, d'endormi et d'embaumé où la nature... Trois pièces à pendules, dont, au milieu, un salon ; dans une des pièces latérales se tenait d'ordinaire la dame du logis... La porte sur le salon toujours ouverte, excepté en hiver.

Deux ou trois fois je vis passer la dame. J'en fus ébloui... grande, svelte, fine, une nymphe... Au piano, où je l'entendis plus d'une fois... mince, brune ; une femme du Nord avec les vivacités du Midi, une Circé innocente, une personne comme dans Milton que j'ai lu.

Au plus vingt-cinq ans... Qu'était-elle ? Je m'interdisais toute question, c'est mon habitude, ma probité de métier, en même temps que ma coquetterie d'observateur : je veux deviner sans cela. Une des chambres où je remontais la pendule était une chambre à coucher d'homme. J'en conclus que la dame avait un mari. Il me parut au reste, dans tout ce qui suivit, qu'il venait rarement à Paris, qu'il habitait probablement à la campagne et qu'il ne se servait, pour lui, de son logement de ville que comme d'une auberge plus commode, et qu'il ne compliquait pas autrement la vie intérieure de la jeune et belle émancipée. – Aussi je n'en parlerai plus.

J'y allais avant une heure, les visites du matin que j'y pouvais observer devaient donc être d'une assez grande intimité. Un jour, je m'aperçus en entrant qu'on causait à demi-voix dans la chambre voisine... Lorsque j'y passai, j'y remarquai un assez jeune homme (mais sans distinguer ses traits). Ainsi durant plusieurs mois... (on ne se gêne pas devant nous). Il me parut qu'il y avait unisson.

Et, par parenthèse, je vous dirai, en manière d'avis, qu'il faut être bon et très bien né pour ne pas en vouloir de haine (quand on a un peu d'esprit) à ceux qui ne se gênent pas plus devant tous. Rien n'est plus naturel à l'homme heureux que d'étaler son air de bonheur devant les indifférents. Rien ne serait plus naturel aux passants qu'il défie, que de briser ce bonheur.

Les choses en seraient encore à ce commencement d'observation qui est le point le plus ordinaire où je m'arrête : des conversations à voix plus ou moins basse dans la chambre d'à côté... Mais, un jour, en entrant, au moment où j'ouvris la porte, j'entendis un cri... et elle s'élança comme vers moi. Je vivrais cent ans que j'aurais encore présents ce cri et ce bond impétueux. Évidemment elle attendait quelqu'un, et elle n'avait pas imaginé que ce pût être un autre. J'eus l'air de ne pas être étonné de la méprise, je me dirigeai comme à l'ordinaire vers la pendule, et elle, se précipitant sur le piano, y fit pleuvoir un déluge de notes plaintives, déchirantes... tout un délire qu'elle improvisait sans doute.

Je passai dans l'autre pièce et je dus y rester un peu plus longtemps ; car je n'y avais pu entrer la dernière fois et la pendule s'était arrêtée. Pendant que je poussais l'aiguille et attendais à chaque heure la fin de la sonnerie (pardon de ces détails de métier), et que tout un siècle d'émotions se passait dans son cœur et débordait de ses doigts, quelqu'un entra dans l'autre pièce, et je n'entendis que ces mots :

« Est-ce vous qui étiez hier au soir à l'Opéra ? et avec qui ? »

Quand je repassai, en traversant rapidement le salon, j'eus le temps de voir sur le front de la jeune femme la douleur, la passion, la jalousie ; et la fierté enflammée de ses traits m'éclaira sur le sens de ce peu de mots. Mais quel fut mon étonnement de reconnaître dans ce jeune homme un visiteur favorisé que je venais de rencontrer, une demi-heure auparavant, dans un boudoir élégant de la rue du Helder et presque aux pieds d'une beauté déjà mûre et en négligé ! Le fond des choses me fut expliqué à l'instant.

Infidèle, et à un tel amour !

— Mais cette personne est bien moins belle ! pensai-je.

Et quant aux autres qualités de talent ou de cœur, la différence des intérieurs en disait assez au coup d'œil. Voilà bien la loi de l'amour, et c'est ainsi qu'il a tout réglé.

Quand je revins... changement !... plus de fleurs, les fenêtres closes. Le piano dans son fourreau. Je ne me rencontrais plus jamais avec l'amant comme cela avait lieu auparavant. Je ne remontais plus que la pendule du salon et celle de la chambre à coucher sans maître. On laissa l'autre s'arrêter dans la pièce où la malade (car elle l'était) se tenait d'habitude... Parfois des cris étouffés que j'entendais... tous les ans, vers décembre, aux environs de l'*anniversaire* du cri fatal, *crise*... Au moindre bruit d'une personne qui entrait à cette heure, il y avait presque évanouissement... le bruit de mes pas lui faisait mal. Je dus plus d'une fois partir sans avoir *remonté*.

Cela dura deux ans... Quand je l'entrevoyais pourtant, passant à travers le salon, comme une ombre blanche, amincie encore, pâlie, elle était bien belle !

Une fois, dans une absence d'été, le domestique (le vieil intendant) me fit entrer dans la pièce pour visiter cette pendule depuis si longtemps arrêtée... Je la visitai et y trouvai

un billet sous la clef ; ou plutôt la clef était comme envelop-
pée dedans, et j'emportai le tout.

> Horloge d'où s'élançait l'heure
> Vibrante en passant dans l'or pur,
> Comme l'oiseau qui chante ou pleure
> Dans un arbre, où son nid est sûr :
> Ton haleine égale et sonore
> Sous le froid cadran ne bat plus :
> Tout s'éteint-il comme l'aurore
> Des beaux jours qu'à ton front j'ai lus ?

(MARCELINE VALMORE.)

Elle revint à Paris ; peu à peu il me sembla qu'une sorte de mouvement se remît dans sa vie. Parfois j'entendais de la porte une explosion harmonieuse du piano… Il est vrai qu'en entrant, tout avait cessé, elle s'était enfuie… mais enfin c'était quelque chose que de se reprendre aux goûts chéris, même pour exprimer la douleur.

Qu'était-ce que ce mortel indifférent et peu digne qui était l'objet et la cause de tels maux, sans plus s'en soucier ? le hasard m'éclaira un jour sur son compte. Je l'entendis annoncer chez un de mes abonnés, à la minute où je m'y trouvais, un matin qu'il y avait concert. Je reconnus… quoi ? un nom assez familier aux lecteurs de mon journal quotidien, pour certains petits contes assez communs à mon sens et que je n'y lisais jamais ; – un auteur de petites feuilles ; peu de chose en vérité. – La rougeur me couvrit le front pour la noble déçue. Quoi ! madame, c'était là le choix ! c'est là le culte immortel de la plus noble douleur ! – Ce jour-là, j'avoue qu'en faisant un retour sur moi-même et sur mon mécompte de Genève, je me sentis un peu consolé.

Cinq ans se sont passés ; au moral, tout ce qui ne tue pas se guérit ou a l'air de se guérir. La machine humaine a cela de singulier, que, même après que le grand ressort est brisé, elle fait semblant d'aller encore. Un jour, je m'aperçus que quelques conversations du matin (c'est à trois heures maintenant que j'y vais) se tenaient de nouveau dans la pièce voisine et laissée ouverte... Je pouvais désormais librement y remonter la pendule, et le timbre d'or me semblait rajeuni. Un homme d'un extérieur distingué et grave me parut s'attacher à cette beauté jeune encore et qu'un reste de pâleur ne rend que plus touchante. Les soins délicats, assidus, comme une sûre promesse de fidélité, ressortaient à mes yeux de ses manières et de leur affectueuse douceur. Elle l'écoute, lui sourit si je ne me trompe ; mais les troubles, à l'anniversaire, continuent toujours. J'observe tout cela, du coin de mon métier, avec un intérêt réel et vrai pour la créature privilégiée qui ne me connaît pas et qui ne m'a pas, je crois, adressé deux fois la parole dans sa vie. L'homme m'intéresse aussi, parce qu'il est bon et a l'air touché. Pourtant, avec lui, quand mon œil l'effleure en passant, mon ironie a prise et recommence. Il est toléré, il est écouté, il se croit heureux. Mais moi qui ai vu l'autre règne, qui ai entendu cet inexprimable cri vers moi, et qui ai su pourquoi, j'ai en pitié son bonheur !

P.-S. – Quand je dis qu'il se croit heureux, je ne sais trop ; car, un jour d'été que la pendule avait encore besoin de réparation (rien ne nuit aux pendules comme d'avoir été négligées longtemps), et que le vieil intendant me l'apporta, j'y trouvai ce nouveau papier sous la clef au lieu des anciens vers sur l'Horloge ; est-ce une indiscrétion à moi de les avoir copiés ? il est vrai que j'ai pour excuse de n'y avoir guère rien compris. À l'endroit des vers, je me retrouve horloger et dirais volontiers comme Rousseau de Genève : « Je n'entends rien à cette mécanique-là. » Ils disent tous qu'ils chantent, et moi, je cause. Quoi qu'il en soit, les voici tels quels :

Comment chanter quand l'Amie est en pleurs,
En pleurs ardents, en cuisantes douleurs,
    Quand l'insomnie,
À son chevet, comme pour l'insulter,
Chaque nuit, dresse une image bannie.
    Comment chanter ?
D'un court sommeil quand un odieux rêve
Toujours réveille, et debout la soulève :
    Pâleur de mort !
Quand, plus étreint que ce vieillard de Troie,
Sous deux serpents son noble cœur se tord
    Comme une proie ;

Tenant sa main que je n'ose baiser,
Dans ma tendresse essayant d'apaiser
    Son âpre veine,
Quand j'ai senti passer un brusque effroi.
Et ce beau sein ressaisi d'une peine
    Qui n'est pas moi,

Comment chanter ? – Mais si la belle aimée
S'est adoucie et par degrés calmée,
    Si sa pâleur
N'est plus qu'un charme où sourit l'amour même ;
Sans s'irriter, si sa molle douleur
    Permet : *Je t'aime !*

Si son regard le plus lent, le plus fin.
Envoie au mien, dans un oubli divin,
    L'âme sacrée.
Et si sa lèvre, enflant ses beaux trésors,
Semble mûrir pour l'heure désirée,

On chante alors ;

On chante un peu, comme après une pluie
L'oiseau mouillé dont l'aile se ressuie
    Sous un rayon ;
On chante aussi comme un rayon qui tremble
Qui craint qu'au ciel le fuyant tourbillon
    Ne se rassemble.

Que si l'amie, heureuse d'écouter
Osait encore après moi répéter
    Ce mot : *Je t'aime !*
Si tout son cœur, à la fin découvert,
Tombait au mien dans un aveu suprême
    D'un seul concert,

Chant du bonheur ! ô quelle hymne de fête
Pour couronner et bénir la conquête
    À deux genoux !
À moins, à moins qu'à ce chant qui s'élance
Ne se mêlât le murmure plus doux,
    Ou le silence

JOSEPH DELORME.

FIN